Analyse d'œuvre

Rédigée par Alix Defays

Candide
ou l'Optimisme

de Voltaire

Profil Littéraire

FRANÇOIS MARIE AROUET,
DIT VOLTAIRE

- Né en 1694 à Paris.
- Mort en 1778 dans la même ville.
- **Quelques-unes de ses œuvres :**
  - *Lettres philosophiques* (essai, 1733 pour la version anglaise, 1734 pour la version française)
  - *Zadig ou la Destinée* (conte, 1748)
  - *Traité sur la tolérance* (essai, 1763)

Voltaire, par son incroyable longévité et le génie de sa plume, pourrait à lui seul représenter le XVIIIe siècle et les divers courants littéraires qui le parcourent. Philosophe des Lumières, il part en guerre contre l'intolérance et l'ignorance à travers des écrits percutants au style fin et souvent ironique. Ceux-ci suscitent fréquemment la polémique, parce que tournés contre le régime monarchique en place et contre les défenseurs d'un traditionalisme politique et artistique que Voltaire entend briser. Adoré par les républicains et les anticléricaux, détestés par les monarchistes, il n'a de cesse durant toute sa vie de faire parler de lui dans les cercles érudits. Son franc-parler lui vaudra plusieurs poursuites, quelques enfermements à la Bastille et de nombreux exils.

Touche-à-tout, il explore une grande diversité de genres en vogue à l'époque : l'épopée, la poésie épique, la tragédie, la satire, l'épigramme, le traité philosophique, le dialogue, le pamphlet, la chronique historique, le conte... Très préoccupé par les avancées scientifiques et philosophiques de son temps, il se spécialise également dans la vulgarisation des travaux scientifiques de ses contemporains, notamment ceux d'Isaac Newton (physicien anglais, 1642-1727) dans ses *Lettres philosophiques* (1734). Tout au long de sa vie, Voltaire ne cesse de voyager et d'écrire, nous livrant une œuvre totale. De Paris à Ferney en passant par Londres et Postdam, il raconte son siècle en proie à des changements politiques majeurs.

CANDIDE

- **Genre :** conte philosophique.
- **1ʳᵉ édition :** en 1759.
- **Édition de référence :** *Candide ou l'Optimisme*, Paris, Le Livre de poche, 1995, 218 p.
- **Personnages principaux :**
  - Candide, neveu bâtard du baron de Thunder-ten-tronckh qui part à la découverte du monde.
  - Pangloss, maître de philosophie de Cunégonde et de Candide.
  - Cunégonde, fille du baron de Thunder-ten-tronckh, dont Candide est amoureux.
  - Cacambo, fidèle valet de Candide d'origine hispanique.
  - La vieille, servante de Cunégonde.
  - Martin, compagnon de voyage de Candide et philosophe pessimiste.
- **Thématiques principales :** le fanatisme religieux, la recherche du bonheur, le voyage, la critique de la société, l'hypocrisie du discours.

Écrit en Suisse dans le domaine de Voltaire à Ferney en 1759, *Candide* est publié la même année à Genève, Paris, Londres et Amsterdam. Il connaît rapidement un vif succès, au grand étonnement de son auteur qui considère ses contes comme des œuvres mineures ne méritant pas la publication, contrairement à ses tragédies ou à ses essais. Mais le public ne se trompe pas et reconnaît dans cet ouvrage à la fois divertissant et critique un parfait résumé des idées anticléricales de l'auteur, doublé de nombreuses références à l'actualité européenne. La censure de l'œuvre attisera également la curiosité des lecteurs, nombreux à vouloir se procurer cet écrit interdit.

Sous le pseudonyme du Docteur Ralph, Voltaire y raconte la quête de Candide, parti à la recherche du bonheur et de l'amour, dans des temps tourmentés par des guerres et des injustices menées au nom de la religion (abus de pouvoir, punitions disproportionnées, contrôle des consciences, totalitarisme chrétien des colons, etc.). Au fils des pages, les personnages vivent une multitude d'aventures à travers lesquelles ils découvrent la violence de la nature humaine.

Mélangeant la forme du conte à des propos critiques sur la société du XVIIIe siècle, le récit atteint des sommets d'absurdité et d'ironie à travers des péripéties se succédant à un rythme effréné. Drôle et dur à la fois, *Candide* plaît par ses différents niveaux de lecture et par sa singularité formelle. Le lecteur y trouve en effet à la fois une histoire plaisante et riche en rebondissements, mais aussi une critique cinglante de la société, le tout dans une forme littéraire oscillant entre conte et essai philosophique.

LA VIE DE VOLTAIRE

| *Portrait de Voltaire*, tableau de Nicolas de Largillière, 1718.

UNE FORMATION ENTRE CLASSICISME ET LIBERTINAGE

Voltaire, de son vrai nom François Marie Arouet, est un jeune Parisien de bonne famille dont la mère est salonnière et le père notaire. Le jeune garçon se forme chez les jésuites au collège Louis-le-Grand où il étudie les classiques latins et les genres considérés comme nobles à l'époque, tels que la tragédie et l'épopée. Il y rencontre le marquis d'Argenson (diplomate français, 1722-1787), auquel il se lie d'amitié et qui deviendra ministre sous Louis XV (1710-1774).

Dès l'âge de 12 ans, il est introduit dans divers salons grâce à sa mère et à son parrain, l'abbé de Châteauneuf (littérateur français, 1650-1703). On s'étonne de son érudition et de sa pensée libre et tolérante, voire libertine. À l'âge de 17 ans, il commence à rédiger des épigrammes dans lesquels perce son esprit frondeur. Par un jeu d'anagramme, il se fait appeler Voltaire dès 1718, alors que sa première tragédie *Œdipe* remporte un certain succès. Débute alors une vie tumultueuse pour ce jeune auteur qui voyage dans diverses villes européennes.

DES DÉBUTS ORAGEUX À PARIS (1715-1726)

Alors que Philippe d'Orléans (1674-1723) est régent de France, Voltaire participe à l'écriture de pamphlets virulents contre lui et son prédé-cesseur, Louis XIV (1638-1715). Il y dénonce notamment les pratiques incestueuses du régent et par là même l'hypocrisie de sa classe sociale. Cela lui vaut d'être enfermé à la Bastille durant près d'un an.

Voltaire met à profit sa détention pour se lancer dans un projet qui ne verra jamais de conclusion, *La Henriade* (1723), une épopée fran-çaise centrée sur la figure d'Henri IV (roi de France et de Navarre, 1553-1610), un personnage tolérant et pacificateur à l'opposé de la politique guerrière menée par Philippe d'Orléans. La première version de l'œuvre ainsi que la représentation triomphale d'*Œdipe* propulsent Voltaire sur le devant de la scène littéraire. Mais Voltaire est rapide-ment rattrapé par ses textes antireligieux et sa nature belliqueuse qui lui vaut de se quereller avec certaines personnalités, parmi lesquelles le chevalier de Rohan-Chabot (comte, 1683-1760). Craignant d'être à nouveau enfermé suite aux plaintes du chevalier qu'il aurait provoqué en duel, il fuit Paris, mais est rattrapé et passe quelques jours à la Bastille. À sa sortie, il est chassé de France.

L'EXIL À LONDRES (1727-1729)

Voltaire choisit d'embarquer pour l'Angleterre, où règne une tolérance spirituelle telle qu'il n'en a jamais vue : plusieurs cultes y sont admis et l'Église ne s'oppose pas aux découvertes scientifiques, qui sont même diffusées dans le royaume. Tout cela est donc bien différent du climat qui règne en France où le pouvoir monarchique de droit divin reste peu enclin à l'expression des nouveaux savoirs qui remettent en cause sa légitimité. Cet absolutisme, qui a pour effet de censurer les philosophes des Lumières, est intolérable pour Voltaire.

Durant son séjour, il rencontre de grands noms de la littérature anglaise, tels que Jonathan Swift (1667-1745), auteur des *Voyages de Gulliver* (1726), et découvre les théories du philosophe John Locke (1632-1704) ainsi que celles d'Isaac Newton. Ce dernier fera d'ailleurs notamment comprendre à Voltaire l'importance de l'observation et de l'expérience au détriment des superstitions religieuses infondées qui embourbent la science depuis quelques siècles. De ces grands penseurs, Voltaire retient également la nécessité de rendre accessible à tous l'esprit des Lumières afin de rendre l'homme raisonnable et libre, ce à quoi il s'attelle dès son retour en France.

RETOUR À PARIS ET FUITE À CIREY (1730-1744)

Lorsqu'il revient à Paris, Voltaire s'empresse de retranscrire ses idées nouvelles dans des productions littéraires, notamment théâtrales. Mais c'est surtout les *Lettres philosophiques* en 1734 qui synthétisent le mieux sa pensée. Dans cet ouvrage, Voltaire s'attache à décrire les mœurs et les philosophies anglaises, qu'il introduit comme des exemples à suivre pour la société française. Il dévoile ainsi les bienfaits de la liberté de culte dont jouit l'Angleterre, en explique le système politique parlementaire et vulgarise les pensées de Locke sur le déisme et les théories de Newton sur la physique. L'œuvre qui présente en outre une critique du monarchisme est censuré, et Voltaire doit à nouveau abandonner la capitale pour se mettre à l'abri des poursuites judiciaires.

Il s'installe avec son amie Mme du Châtelet (mathématicienne française, 1706-1749) à Cirey, en Lorraine, où il continue à rédiger des ouvrages sur les sciences, tels que les *Éléments de la philosophie de Newton* (1738). Il écrit également de nouvelles tragédies (*Mahomet ou le Fanatisme*, 1742) et s'essaie à l'histoire. Le roi Frédéric II (roi de Prusse, 1712-1786), admiratif du travail de Voltaire, entre en correspondance avec lui et arrange quelques voyages jusqu'à sa cour.

VOLTAIRE À LA COUR DE LOUIS XV ET DE FRÉDÉRIC II (1745-1753)

Âgé d'une cinquantaine d'années, Voltaire reçoit soudain la complaisance de Louis XV, grâce à sa vieille amitié avec le marquis d'Argenson devenu ministre. Le roi le fait courtisan et favori de sa cour, puis le nomme historiographe officiel. S'il accepte le titre, l'écrivain ne peut toutefois pas s'empêcher de critiquer le système français qu'il juge arbitraire et intolérant, ce qui lui cause de nouveaux ennuis.

Il trouve alors refuge en Lorraine, chez la duchesse du Maine (1676-1753), où il continue d'écrire. C'est là qu'il rédige ses premiers contes, que sa protectrice fait connaître et imprimer. Parmi les plus célèbres, citons *Zadig ou la Destinée* et *Micromégas* (1752). Tous ont une vocation divertissante et critique à la fois.

Après un retour furtif à Paris suite au décès de Mme du Châtelet, Voltaire est appelé par Frédéric II de Prusse à Berlin. Ce dernier en fait son courtisan et le couvre de présents, ce qui suscite la jalousie de la cour prussienne. Pour cette raison, Voltaire est contraint de quitter le pays.

Déjeuner à la cour de Frédéric II, tableau d'Adolph von Menzel. Voltaire est la deuxième personne se trouvant à gauche du roi.

LES ANNÉES DE QUIÉTUDE À FERNEY (1754-1778)

Ne pouvant se résoudre à rentrer en France où il est sans cesse pourchassé, Voltaire s'installe en Suisse, d'abord près de Genève, aux Délices, puis à Ferney à partir de 1759. C'est dans cette deuxième demeure que Voltaire écrit la plupart de son œuvre. Pendant plus de 20 ans, il y reçoit sa famille et de nombreux visiteurs, tout en s'attelant à un travail continu. Plus Voltaire vieillit, plus il écrit ! Ses textes parviennent en France, où ils sont publiés sous divers pseudonymes. Ils sont commentés, interdits ou admirés : Voltaire n'a guère quitté l'esprit des Français, que du contraire.

C'est également à cette époque que Voltaire intervient dans plusieurs affaires judiciaires, dont celle de Calas (1762-1765), dans laquelle il déploie toute son énergie pour faire acquitter un jeune protestant injustement accusé du meurtre de son fils. Son *Traité sur la tolérance* revient sur ce retentissant procès.

LE DERNIER SÉJOUR À PARIS (1778)

Alors qu'il est âgé de 84 ans, Paris le rappelle pour un dernier voyage. Il est accueilli en grande pompe dans la capitale, acclamé par les gens de théâtre et le public venu en masse admirer l'auteur. Il meurt de maladie cette même année. Il est inhumé clandestinement par son neveu dans l'abbaye de Sellières, avant d'être emmené au Panthéon en 1791.

RÉSUMÉ DE *CANDIDE*

| Frontispice d'une édition anglaise de *Candide*, 1762.

CANDIDE CHASSÉ DE WESTPHALIE

Candide, un jeune homme simple et honnête, vit dans le château de son oncle, le baron de Thunder-ten-tronckh, en Westphalie. Il y a été élevé en compagnie de la fille du baron, Cunégonde, sous les préceptes du philosophe Pangloss, pour qui tout est pour le mieux dans le meilleur des mondes. Un jour, après avoir découvert le maître de philosophie en plein ébat sexuel, Cunégonde se met en tête de reproduire ce qu'elle a vu avec Candide, mais le baron les surprend et chasse le jeune homme. Dès le lendemain, il est enrôlé de force dans l'armée, au service du roi des Bulgares. Alors que la guerre contre les Arabes éclate, Candide, effrayé par les milliers de morts qui s'entassent sous ses yeux, fuit le champ de bataille.

Arrivé en Hollande, Jacques, un anabaptiste, le recueille chez lui. Le lendemain, Candide rencontre un mendiant au physique repoussant, qui se révèle être Pangloss, déformé par la vérole. Celui-ci raconte à Candide comment les Bulgares ont tué le baron, la baronne et Cunégonde. Candide s'émeut de la perte de son amie et convainc Jacques de soigner Pangloss.

CANDIDE À LISBONNE

Deux mois plus tard, les trois hommes embarquent pour Lisbonne où Jacques doit faire affaire. Arrivés au port, une tempête éclate au cours de laquelle Jacques meurt. Comble de malheur, alors qu'ils viennent tout juste d'arriver sur la terre ferme, un tremblement de terre survient. Le désastre est total. Pour empêcher qu'une nouvelle catastrophe ne survienne, l'Inquisition de Lisbonne organise un auto-dafé. Candide est fessé et Pangloss pendu pour avoir contredit un membre de l'Inquisition. Le jeune homme est ensuite recueilli par une vieille femme qui le soigne avant de le conduire à une maison isolée dans la campagne où il retrouve, à son grand étonnement, Cunégonde. Celle-ci raconte ses mésaventures à son bien-aimé : après avoir été violée et blessée par un soldat bulgare dans le château de son père, elle a été vendue à un juif qui l'a placée dans sa maison de Lisbonne où il la partage avec le grand inquisiteur. La vieille femme est sa servante. Sur ces entrefaites surgit le juif qui se jette sur Candide pour le poignarder, mais ce dernier le transperce de son épée. Arrive ensuite l'inquisiteur qui subit le même sort. La vieille propose aux amants de s'enfuir avec elle vers Cadix, en Espagne, à l'aide des chevaux de l'inquisiteur.

Là-bas, Candide est promu capitaine d'un bateau qui doit se rendre en Amérique latine. Durant la traversée, la vieille leur raconte le sort funeste qu'elle a connu, elle qui n'est autre que la fille du pape Urbain X et princesse.

CANDIDE EN AMÉRIQUE DU SUD

Le navire amarre à Buenos Aires, où Candide, Cunégonde et la vieille sont reçus chez le gouverneur, qui tombe sous le charme de Cunégonde. Après avoir éloigné Candide, il demande à la jeune femme de l'épouser. En même temps, un navire envoyé par l'Inquisition en vue de retrouver le meurtrier du grand inquisiteur débarque au port. La vieille conseille à Cunégonde de rester à Buenos Aires et de se fiancer au gouverneur, et à Candide de fuir le plus vite possible.

Candide et Cacambo, un Espagnol devenu son valet au moment de sa fuite à Cadix, partent pour le Paraguay. Arrivés dans le pays, ils sont accueillis chez un révérend père jésuite qui n'est autre que le frère de Cunégonde. Candide lui avoue son désir d'épouser cette dernière, ce qui offusque le baron qui tire son épée pour l'attaquer. À nouveau, Candide s'avère plus rapide et finit par tuer le frère de Cunégonde. Cacambo se saisit alors des vêtements du prêtre, les donne à Candide et tous deux fuient à cheval vers la prochaine frontière.

Les deux hommes se retrouvent alors dans un pays inconnu où ils sont ligotés par les Oreillons, les habitants de la localité, des mangeurs de jésuites. Cacambo, grâce à son élocution, les convainc de leur innocence. Ceux-ci les libèrent et les mènent à la frontière voisine. Mais Candide et Cacambo se perdent une nouvelle fois. Montés sur une barque, le courant les mène jusqu'à l'entrée d'une grotte qu'ils traversent dans l'obscurité.

CANDIDE AU ROYAUME D'ELDORADO

Passé la caverne, Candide et Cacambo pénètrent dans un pays merveilleux, où les cailloux sont des pierres précieuses et de l'or. On y parle péruvien, aussi Cacambo se fait l'interprète de Candide. Ils apprennent que la contrée où ils se trouvent se nomme Eldorado et qu'il n'existe là aucune dispute sur quel que sujet que ce soit. Le vieux qui vient de les rencontrer les fait conduire jusqu'au roi dans un carrosse tiré par des moutons rouges. Les deux hommes visitent la capitale et s'émerveillent de ses perfections. Le soir, ils partagent le repas du roi avec qui ils se lient d'amitié.

Après un mois passé dans ce fabuleux royaume, Candide émet le souhait de retourner chercher Cunégonde et de vivre à nouveau chez eux avec quelques moutons et de l'or en suffisance. Malgré sa réticence, le roi leur fait construire une machine pour sortir d'Eldorado et leur offre quelques richesses. Candide et son valet sont transportés jusqu'en haut des montagnes grâce à des moutons volants et se mettent ensuite en route vers la Cayenne.

À l'entrée d'une ville, la vision d'un esclave nègre plonge Candide dans un état de profonde tristesse, au point qu'il commence à remettre en question la théorie de Pangloss selon laquelle tout va pour le mieux dans le meilleur des mondes. Il décide alors d'un nouveau plan : Cacambo ira récupérer seul Cunégonde et la vieille, car il n'est pas recherché par les autorités contrairement à lui ; ils se retrouveront ensuite à Venise. Candide, après avoir été victime d'un patron de vaisseau véreux, lance une annonce pour trouver un compagnon de voyage. Son choix s'arrête sur un savant prénommé Martin.

Ils embarquent pour Bordeaux, et passent le voyage à discuter de leurs points de vue divergents à propos de la justice divine et du bonheur terrestre.

CANDIDE DE RETOUR EN EUROPE

À Bordeaux, Candide, intrigué par Paris dont tout le monde parle, décide d'y faire un détour. Dès son arrivée dans la ville, il tombe malade. Un abbé périgourdin, qui a tôt fait de remarquer la richesse des deux voyageurs, se lie avec eux et les mène au théâtre, où Candide découvre la tragédie. Apprenant l'amour que porte Candide à Cunégonde, l'abbé périgourdin fait croire à sa présence à Paris par une fausse lettre et soutire de l'argent aux deux compagnons. Écœurés par la cupidité de leur guide, Candide et Martin prennent la décision de quitter la capitale. À Dieppe, ils embarquent pour Portsmouth en Angleterre.

Aussitôt débarqué, Candide veut repartir, dégoûté d'une exécution injuste à laquelle il vient tout juste d'assister. Il fait apprêter un bateau vers Venise et repart deux jours plus tard.

Arrivé sur place, Candide est sans nouvelle de Cacambo. Il sombre alors dans la mélancolie, abattu par la philosophie pessimiste de Martin. Un soir, Candide reçoit un message de Cacambo qui est devenu esclave. Il lui enjoint de s'embarquer le lendemain dans son bateau pour retrouver Cunégonde.

LE DERNIER VOYAGE DE CANDIDE

À bord du navire sur lequel voyage Cacambo, Candide apprend que Cunégonde est devenue, avec la vieille, l'esclave d'un prince et qu'elle a perdu toute sa beauté. Il rachète l'esclave et embarquent tous deux pour la Turquie où se trouve Cunégonde. Sur le navire, il reconnaît dans deux esclaves Pangloss et le frère de Cunégonde, qu'il pensait morts. Il les rachète également au capitaine.

Tous ensemble, ils arrivent enfin à la maison du prince chez qui Cunégonde est retenue. Lorsqu'il la voit, Candide est saisi d'horreur, mais il accepte tout de même de la racheter ainsi que la vieille. Ils s'installent dans une maison du voisinage. Candide, forcé par sa promesse, demande la main de Cunégonde. Le baron, refusant toujours cette union, est renvoyé aux galères.

Le quotidien devient très vite morose, et chacun est malheureux, sauf Martin qui sait qu'il n'est heureux nulle part. Un jour, Candide et Martin croisent un vieux vendeur de fruits. Il leur apprend qu'il ne s'intéresse à rien qu'à son jardin, son labeur. Rentré chez lui, Candide se lance modestement dans le travail et oublie le raisonnement philosophique, afin de rendre la vie plus supportable. « Il faut cultiver notre jardin », conclut-il (p. 167)

L'ŒUVRE EN CONTEXTE

LE SIÈCLE DES LUMIÈRES

Alors que le xvii siècle était marqué par de nombreux conflits armés et par la répression, le xviii voit naître un mouvement bien décidé à combattre l'ignorance, l'oppression et les ténèbres par le savoir, et à reconnaître à chacun des droits et une certaine liberté de penser : les Lumières. Ce terme désigne les nouveaux penseurs de l'époque, ceux qui ont pour mission de transmettre les connaissances. Le mouvement naît avec les avancées scientifiques de la fin du xvii siècle dont les auteurs reconnaissent la prégnance sur les croyances religieuses. Descartes (mathématicien et philosophe français, 1596-1650) s'impose rapidement comme un modèle grâce à sa méthode scientifique fondée sur la raison et l'expérience. Il en va de même pour les savants Newton et John Locke, dont les raisonnements inductifs influencent Voltaire durant son séjour en Angleterre. Il ne s'agit plus de croire, mais d'expérimenter et d'observer soi-même afin de se forger sa propre opinion. Ainsi, l'homme libéré des croyances véhiculées par l'Église peut enfin aspirer au bonheur. Les Lumières s'attaquent également à la politique, bien décidées à remodeler l'organisation sociale alors fondée sur des modèles médiévaux inégalitaires.

Avec la régence de Philippe d'Orléans (1715-1723) s'ouvre une période moins répressive pour les philosophes et l'on commence à croire au possible affaiblissement de la monarchie, mais bientôt Louis XV est couronné et avec lui la censure réactivée. Les auteurs dont les œuvres sont condamnées et qui souhaitent se faire publier sont souvent obligés de fuir le pays.

C'est ainsi qu'en 1759, l'*Encyclopédie* de Diderot (écrivain et philosophe français, 1713-1784) et D'Alembert (mathématicien et philosophe français, 1717-1783) est condamnée à ne plus être imprimée ni même diffusée en France. C'est un coup dur pour Voltaire qui souhaite agir dans la réhabilitation de l'ouvrage afin de continuer à diffuser clandestinement les idéaux des Lumières, depuis la Suisse. De là, il peut sans risques énoncer ses idées de réforme et les faire passer en France par des moyens clandestins.

Voltaire s'impose comme une figure majeure de ce mouvement. Dans ses travaux, il s'efforce en effet de transmettre ses savoirs et ses idées à propos des sciences, de la justice, de la tolérance religieuse et du système politique. Il œuvre en parallèle pour une plus grande justice sociale en s'engageant idéologiquement dans des conflits publics.

LE TREMBLEMENT DE TERRE DE LISBONNE ET LA GUERRE DE SEPT ANS

Plusieurs événements amènent Voltaire à rédiger *Candide*, une œuvre profondément ancrée dans la société européenne de son temps.

| Le tremblement de terre de Lisbonne.

En 1755, une série de catastrophes naturelles s'abattent sur Lisbonne :
un tremblement de terre, suivi d'incendies et d'un raz-de-marée,
provoque la mort d'environ 30 000 personnes. L'Église considère
qu'il s'agit là d'une punition divine, ce qui révolte les philosophes.
Ceux-ci, à l'instar de Voltaire, s'emparent du sujet pour développer
leurs théories et condamner le clergé, de plus en plus décrié.

L'année suivante, la guerre de Sept Ans (1756-1763) menée par
Frédéric II de Prusse déchire l'Europe et cause, à son tour, des milliers
de morts. Elle oppose la France à la Grande-Bretagne et la Prusse
à l'Autriche et à la Hongrie. Voltaire, désespéré devant tant d'horreurs, ne peut plus croire en l'optimisme ni en l'homme. Il décide
alors d'écrire pour la paix, espérant changer les mentalités de son
siècle. Dans *Candide*, l'auteur poursuit cette ambition-là et fournit
un véritable appel à la tolérance et à la raison.

LES DÉBATS PHILOSOPHIQUES

L'esprit des Lumières est caractérisé par une propension aux débats
d'idées, qu'ils aient lieu dans des salons ou au travers d'écrits. Le prin-
cipal sujet de discussion est la possibilité d'un bonheur terrestre pour
chaque homme – et non plus dans un paradis céleste pour certains
après la mort. Les avancées scientifiques constituent elles aussi une
large part des réflexions philosophiques, de même que la politique
et les nouveaux systèmes de gouvernance qui fleurissent à l'époque
en vue de remplacer les monarchies mourantes.

Voltaire s'attaque à tous ces sujets dans ses œuvres, au risque de se
faire des ennemis dont certains sont parodiés dans *Candide*. Dans ce
récit, Voltaire démontre par exemple les faiblesses des démonstra-
tions de Leibniz (philosophe allemand, 1646-1716) sur l'optimisme,
qui ont connu un certain retentissement depuis la montée de Louis XV
sur le trône. Le philosophe expose dans ses *Essais de théodicée* (1710)

sa théorie du « meilleur pour tous ». À travers celle-ci, il met en place l'image d'un Dieu forcément parfait qui aurait créé un monde à son image, un monde qui serait donc le meilleur possible ; les maux que l'on éprouverait sont considérés comme nécessaires à sa perfection et participent à son équilibre. Mais comment croire encore à cela alors que les guerres et les catastrophes naturelles déciment la société humaine ?

Voltaire, pour qui cette théorie ne tient pas, décide d'intervenir dans ce débat philosophique en rédigeant *Candide*. Il profite en outre de l'occasion pour se moquer, à travers son héros, de son ennemi Jean-Jacques Rousseau (écrivain et philosophe de langue française, 1712-1778), qu'il considère comme naïf puisque persuadé de la bonté originelle de l'homme. En effet, dans ce temps de crise, celui-ci privilégie le retour à l'état naturel des hommes et l'abolition des hiérarchies sociales, contrairement à Voltaire pour qui la culture est nécessaire à l'évolution des mentalités, de même que l'existence de classes sociales qu'il conviendrait toutefois de réformer. On peut voir en Candide une parodie du penseur détesté.

C'est ainsi que, nourri d'une vie d'exils et des événements terribles qui agitent l'Europe, Voltaire commence à rédiger son conte durant l'hiver 1757-1758 et le termine à Ferney en 1759. Le livre est publié simultanément dans plusieurs capitales européennes sous le pseudonyme du Docteur Ralph. Ce stratagème lui permet d'éviter les poursuites judiciaires et de cacher son goût pour un genre si peu noble qu'est le conte, alors même que celui-ci jouit d'une assez bonne réputation parmi les hommes de lettres.

ANALYSE DES PERSONNAGES

Dans *Candide*, les personnages sont souvent ramenés à une seule caractéristique ou à une pensée, une idéologie. Leur psychologie n'est donc guère développée par le narrateur. Cette caractéristique renvoie au genre du conte, qui a tendance à confier au personnage une fonction (l'auxiliaire, l'agresseur, la princesse, le héros, etc.) au lieu de le doter d'un caractère développé.

CANDIDE

Candide est le héros du conte dont on suit les péripéties. C'est un jeune bâtard élevé en Westphalie, dans le château du baron de Thunder-ten-tronckh, où il vit en paix avec le précepteur Pangloss et la belle Cunégonde, la fille du baron dont il tombe amoureux. Candide incarne son prénom : « Sa physionomie annonçait son âme. Il avait le jugement assez droit, avec l'esprit le plus simple » (p. 45-46). En outre, le jeune homme ne peut croire que la vie puisse être malheureuse, respectant aveuglément les principes philoso-phiques que lui enseigne Pangloss.

Un jour, les deux amants sont surpris ensemble et Candide est chassé du château. Débute alors pour le jeune homme une aventure qui lui fera parcourir le globe et lui révélera le monde tel qu'il est, avec ses richesses et ses splendeurs, mais également avec ses drames et sa violence. Privé de l'objet de son amour, il n'a de cesse de rechercher sa bien-aimée au cours du récit. Durant son périple, Candide s'étonne naïvement de ce qu'il découvre, des malheurs auxquels il est confronté, tant sa vie au château de Thunder-ten-tronckh était idyllique. Bercé par les théories de Pangloss, il ne soupçonnait pas que de telles atrocités pouvaient être commises. Son voyage lui permet donc de s'écarter peu à peu de son maître de philosophie pour se forger sa propre pensée.

Candide est droit, honnête et innocent, ce qui lui vaut nombre de malheurs dans une société décrite comme hypocrite et mercantile. Grâce à ses amis, il parvient tout de même à échapper à ses poursuivants. Au fil de ses mésaventures et à mesure que Candide se détache de son éducation, il ressent une profonde tristesse. Il finit tout de même par trouver le bonheur dans le travail simple de la terre, entouré de ses proches.

PANGLOSS

Maître à penser dans le château de Thunder-ten-tronckh, Pangloss dispense ses leçons aux jeunes gens du château y compris à Candide, qui l'écoute émerveillé. Perçu comme un véritable dieu par ce dernier pour qui il semble professer la parole divine, Pangloss enseigne la « métaphysico-théologico-cosmolonigologie » (p. 47). Ce mot-valise reprend les trois sciences traditionnelles en vogue à l'époque que sont la métaphysique, la théologie et la cosmologie.

À travers ce personnage, Voltaire souhaitait se moquer de la philosophie optimiste de Leibniz qui jouissait, à l'époque de l'auteur, d'une grande renommée. Celui-ci était convaincu que le monde était forcément bon et idéal puisque pensé par Dieu, l'être parfait. Pangloss prête à rire, car il ne fait que réciter des extraits de cette théorie qu'il ne comprend pas et qu'il déforme en donnant des exemples illogiques pour argumenter sa doctrine :

> « Il est démontré, disait-il, que les choses ne peuvent être autrement : car, tout étant fait pour une fin, tout est nécessairement pour la meilleure fin. Remarquez bien que les nez ont été faits pour porter des lunettes, aussi avons-nous des lunettes. » (p. 47)

Ce personnage représente le type du faux savant, tant détesté par Voltaire. En effet, Pangloss est incapable de penser par lui-même et a hérité des savoirs philosophiques vétustes qu'il ne prend pas la peine de remettre en question. Fort de ce qu'il pense connaître, il se croit au-dessus des autres et a réponse à tout. Mais, sous le couvert de réflexions obscures, son intelligence est simulée. On peut le rapprocher des personnages de médecin chez Molière (dramaturge français, 1622-1673), eux aussi moqués pour leur soi-disant science et leur langage ampoulé.

CUNÉGONDE

Objet de l'amour de Candide, Cunégonde est la fille du baron de Thunder-ten-tronckh. Candide passe une grande partie du conte à la chercher après l'avoir cru morte. Elle n'est décrite que par son physique, dont la beauté vient de ses formes généreuses et de son rang. Les infortunes multiples qu'elle vit tout le long du récit la rendent finalement très laide, et c'est contraint par sa promesse que Candide l'épouse, et non plus par amour. Même Cunégonde, qui se révélait à l'origine parfaite, est finalement une désillusion !

CACAMBO

Cacambo devient le valet de Candide durant son voyage à Cadix, mais il n'est réellement présent qu'au cours des aventures outre-Atlantique. Cacambo est un ami fidèle et de bon conseil pour le héros. Plein de bon sens, il permet à Candide de se sortir de bien des situations dangereuses, notamment lorsque les deux compagnons sont enlevés par le peuple des Oreillons, prêts à les dévorer. Polyglotte, il assiste Candide dans ses rencontres hispaniques et devient même, lors de leur séjour à Eldorado, le leader du duo.

LA VIEILLE

Le personnage de la vieille peut être considéré comme l'équivalent masculin de Cacambo pour Cunégonde. Très pragmatique et vive d'esprit, elle offre toujours une aide précieuse aux deux amants en situation de déroute. Fille de pape, le récit de sa vie qui est fait aux chapitres 11 et 12 laisse entrevoir une existence de souffrances physiques et morales atteignant des sommets d'abominations.

Comme Cacambo, la vieille est un personnage sympathique et très actif. Sa sagesse impressionne, quand, après avoir raconté sa destinée tragique, elle dit à Cunégonde qui se plaint d'être la femme la plus malheureuse sur terre :

> « Enfin, mademoiselle, j'ai de l'expérience, je connais le monde ; donnez-vous un plaisir, engagez chaque passager à vous conter son histoire ; et s'il s'en trouve un seul qui n'ait souvent maudit sa vie, qui ne se soit souvent dit à lui-même qu'il était le plus malheureux des hommes, jetez-moi dans la mer la tête la première. » (p. 85)

MARTIN

Candide rencontre Martin à l'occasion d'un concours de l'être le plus malheureux du Surinam. Ce philosophe, ancien libraire à Amsterdam, accompagne le héros dans la fin de son voyage qui le mène à Constantinople, tandis que Cacambo est chargé de retrouver Cunégonde. Martin et Candide passent la plupart de leur temps à philosopher, et l'on découvre à travers leurs discussions des théories pessimistes à l'exact opposé de celles transmises par Pangloss. En effet, Martin considère que rien de bien ne peut arriver et qu'il faut se résigner au malheur.

ANALYSES DES THÉMATIQUES

À travers *Candide*, Voltaire distille plus ou moins subtilement ses idées sur la société européenne en crise, faisant du conte un véritable concentré de sa pensée.

LE COMBAT CONTRE L'INFÂME

Voltaire désigne sous le terme « Infâme » tout type de fanatisme religieux. Depuis la Suisse, il ne cesse d'invectiver la religion catholique qui, selon son point de vue, encourage aux superstitions et aux actes extrêmes sous prétexte d'obéir à Dieu. Dans son *Dictionnaire philosophique*, il s'appuie sur l'exemple de la Saint-Barthélemy (1572) pour corroborer ses dires et s'en prend aux fanatiques qui ont préféré obéir à Dieu et égorgé leurs semblables. Voltaire écrit avec passion sur le sujet, envoyant en France des écrits anonymes sous la forme de pamphlets, de contes, d'essais, d'articles ou encore de dialogues. Il préconise la création d'un État débarrassé des affaires religieuses, soit la sécularisation qui caractérisera la période postrévolutionnaire.

LE MASSACRE DE LA SAINT-BARTHÉLEMY

Le massacre de la Saint-Barthélemy est un épisode tristement célèbre survenu dans le contexte des guerres de religion qui ont agité la France au XVIᵉ siècle. À cette époque, protestants et catholiques s'affrontent dans une guerre idéologique sanglante. Pour mettre fin aux conflits, Marguerite de France (1533-1615) épouse Henri de Navarre (1553-1610), un protestant qui se convertit pour l'occasion au catholicisme. Cela signe le retour des protestants à la Cour, parmi lesquels on retrouve l'amiral Coligny (1519-1572), élu membre du conseil royal. Le clan des catholiques, furieux, tente de l'assassiner. Les protestants réclament alors vengeance, et les tensions se font de plus en plus fortes. Le roi Charles IX (1550-1574) ordonne alors le massacre de tous les chefs protestants à Paris dans la nuit du 24 août 1572. Mais l'opération dégénère et c'est toute la communauté qui est touchée.

Le Massacre de la Saint-Barthélemy, tableau de François Dubois, vers 1572-1584.

Voltaire n'en est pas pour autant athée et sa foi demeure vive. Dans son combat contre les extrémismes, il défend sa conception de la religion : le déisme. Cette doctrine reconnaît bien l'existence d'un Dieu créateur de l'univers, mais celui-ci n'aurait aucune prise dans la vie des hommes. Il considère donc que chacun doit vivre sa religion de façon naturelle et individuelle. Il n'y aurait donc plus de prêtres, plus de textes sacrés, etc.

À plusieurs reprises, Voltaire s'en prend aux dérives de la religion. Il critique ainsi, dans le chapitre 6, l'autodafé subit par Candide et Pangloss, événement qui a réellement eu lieu en 1756 suite au tremblement de terre de Lisbonne et que Voltaire a lui-même raconté dans *Le Siècle de Louis XIV et de Louis XV* (1751) :

« (20 juin 1756) Ce fléau semblait devoir faire rentrer les hommes en eux-mêmes, et leur faire sentir qu'ils ne sont en effet que les victimes de la mort, qui doivent au moins se consoler les uns les autres. Les Portugais crurent obtenir la clémence de Dieu en fesant (sic.) brûler des Juifs et d'autres hommes dans ce qu'ils appellent un auto-da-fé, acte de foi, que les autres nations regardent comme un acte de barbarie [...]. » (*Le Siècle de Louis XIV et de Louis XV. Tome 2*, in *Œuvres complètes de Voltaire*, Paris, Lefèvre et Deterville, 1817).

Lorsque, dans son conte, l'inquisition portugaise ordonne l'exécution de plusieurs personnes pour éviter qu'un nouveau tremblement de terre survienne à Lisbonne, Voltaire ironise :

« Les sages du pays n'avaient pas trouvé un moyen plus efficace pour prévenir une ruine totale que de donner au peuple un bel autodafé ; il était décidé [...] que le spectacle de quelques personnes brûlées à petit feu, en grande cérémonie, est un secret infaillible pour empêcher la terre de trembler. » (p. 62-63)

Alors que la religion catholique accepte que ce type de crime soit commis afin d'apaiser ce que beaucoup considèrent comme la marque de la colère de Dieu, Voltaire dépeint une religion beaucoup plus positive dans le pays idyllique d'Eldorado, très proche du déisme qu'il promeut. En effet, là-bas, chacun est prêtre et personne ne prie Dieu pour obtenir des grâces, mais pour le remercier et l'adorer ! Ce qui surprend Candide qui s'exclame : « Quoi ! vous n'avez point de moines qui enseignent, qui disputent, qui gouvernent, qui cabalent, et qui font brûler les gens qui ne sont pas de leur avis ? » (p. 107)

UNE CRITIQUE ACERBE DE LA SOCIÉTÉ

Non seulement Voltaire entend dénoncer les excès de la religion, mais il s'en prend également à d'autres travers sociaux. C'est que le XVIIIe siècle est ravagé par des conflits armés particulièrement meurtriers. L'horreur et la violence de l'époque sont dépeintes avec beaucoup de détails et avec une certaine froideur. Ainsi, lorsque Candide traverse un village pillé par les Bulgares au chapitre 3, il voit :

> « Des vieillards criblés de coups [qui] regardaient mourir leurs femmes égorgées, qui tenaient leurs enfants à leurs mamelles sanglantes ; là des filles éventrées après avoir assouvi les besoins naturels de quelques héros [qui] rendaient les derniers soupirs ; d'autres, à demi brûlées, criaient qu'on achevât de leur donner la mort. Des cervelles étaient répandues sur la terre à côté de bras et de jambes coupés. » (p. 52-53)

Plus loin, lorsque la vieille raconte son histoire, elle déplore les guerres civiles qui voient s'opposer des communautés semblables. Voltaire met ici en exergue les innombrables victimes des guerres, qui sont pour la plupart des civils innocents :

> « Maroc nageait dans le sang quand nous arrivâmes. Cinquante fils de l'empereur Muley-Ismaël avaient chacun leur parti : ce qui produisait en effet cinquante guerres civiles, de noirs contre noirs, de noirs contre basanés, de basanés contre basanés. » (p. 79)

Voltaire s'attaque également à l'esclavage et à la barbarie qui lui est associée, notamment à l'occasion de sa rencontre avec un nègre à l'entrée de Surinam. Celui-ci s'est fait couper la jambe gauche et la main droite par son maître et son habit le couvre à peine, comme « c'est l'usage », dit-il (p. 112). Cela plonge Candide dans une tristesse infinie.

Le nègre du Surinam. Gravure apparaissant dans une édition de *Candide* datée de 1787.

Outre les guerres et l'esclavagisme, Voltaire s'en prend également aux médecins et à leur prétendue science durant l'épisode parisien de Candide. C'est l'occasion pour Voltaire de se moquer des faux savants que sont, pour lui, les médecins, plus attirés par l'or que par le soin du malade et son rétablissement. En outre, leurs pratiques sont parfois des plus douteuses, comme le souligne cet extrait : « À force de médecines et de saignées, la maladie de Candide devint sérieuse. » (p. 124) Ce n'est qu'après les avoir chassés, que Candide recouvre la santé.

De façon générale, Voltaire ironise sur la tyrannie des hommes, notamment dans leur comportement vis-à-vis des femmes. Dans le conte, les personnages de Cunégonde et de la vieille subissent des maltraitances physiques nombreuses et extrêmes du fait de leur sexe. Cunégonde est violée et poignardée par un agresseur bulgare assiégeant le château de Westphalie, puis devient l'esclave sexuelle d'un capitaine d'infanterie, d'un juif, d'un inquisiteur et enfin d'un prince turc. La vieille, quant à elle, connaît une destinée tout aussi tragique qui lui fait perdre également sa beauté. Elle est aussi victime d'une mutilation physique puisqu'on lui coupe une fesse afin de sustenter des soldats. Ces horreurs sont l'action des hommes, qui n'ont aucun égard pour les femmes représentées avant tout comme des objets de satisfaction sexuelle.

La violence exercée par les hommes est également visible au travers des règles absurdes imposées par certains hommes de pouvoir à leur peuple. Ainsi, le commandant jésuite paraguayen n'accepte pas que des Espagnols parlent en sa présence et ne les autorise à rester sur son territoire que trois heures. C'est encore visible à travers le cannibalisme des Oreillons qui ne concerne que les jésuites.

Voltaire s'en prend enfin à la cupidité des hommes et à l'absurdité du système, notamment lorsque Candide demande secours à un juge hollandais après s'être fait voler de l'argent à Surinam : « [Celui-ci] commença par lui faire payer dix mille piastres pour le bruit qu'il avait fait. Ensuite il l'écouta patiemment [...] et se fit payer dix mille autres piastres pour les frais de l'audience. » (p. 116)

UN PLAIDOYER POUR LA TOLÉRANCE

Voltaire apporte dans *Candide* les esquisses d'une solution aux malheurs de l'homme et de la société, qui, pour lui, doit se trouver dans la tolérance. En dénonçant les inégalités, en se moquant de ceux qui les ordonnent, Voltaire défend sa vision du monde : il faut être tolérant, c'est-à-dire respecter les avis de chacun et en particulier la religion de chaque individu, car c'est précisément l'intolérance qui mène aux conflits. Cette idée, Voltaire la développera plus en profondeur dans son *Traité sur la tolérance* :

> « L'intolérance ne produit que des hypocrites ou des rebelles [...]. Voyez, je vous prie, les conséquences affreuses du droit de l'intolérance. S'il était permis de dépouiller de ses biens, de jeter dans les cachots, de tuer un citoyen qui, sous un tel degré de latitude, ne professerait pas la religion admise sous ce degré, quelle exception exempterait les premiers de l'État des mêmes peines ? » (*Traité sur la tolérance*, Paris, Flammarion, coll. « Librio », p. 53)

La violence particulière mène forcément à la violence générale, institutionnalisée. Il appelle donc à une humanité plus juste, plus solidaire dans *Candide* et plus généralement dans ses œuvres. L'on retrouve en effet dans le conte plusieurs exemples d'intolérance, comme l'exécution de deux Portugais sous prétexte qu'ils n'ont pas mangé de porc (chapitre 6) ou encore la punition encourue par Pangloss parce qu'il a rendu service à une musulmane alors que lui-même est chrétien (chapitre 28).

LA FORCE DE L'ACTION FACE À L'INEPTIE DU DISCOURS SAVANT

Plusieurs personnages incarnent le type du faux savant, détesté par Voltaire. Il s'en moque régulièrement dans ses écrits et *Candide* ne fait pas exception. Pour l'auteur, il n'est rien de plus insupportable que ces hommes qui pensent être en possession d'un savoir qu'ils étalent à tout va alors même qu'ils n'en comprennent pas la signification, se contentant de répéter des phrases toutes faites résumant grossièrement des théories et des doctrines philosophiques.

Dans *Candide*, les inepties véhiculées dans les discours des soit-disant savants sont chaque fois contredites par l'expérience des protagonistes. L'exemple le plus flagrant est sans aucun doute la pensée optimiste de Pangloss, sans cesse détruite par les malheurs auxquels est confronté Candide, de moins en moins sûr de vivre dans le meilleur des mondes possibles. Voltaire démontre ainsi l'immense pouvoir de la langue, du discours, qui aliène le pauvre Candide trop crédule. Pour l'auteur, il est important que l'action précède la réflexion : c'est en agissant, en expérimentant que l'on peut espérer parvenir à quelque sagesse philosophique. D'ailleurs, les débats de Candide et Martin en route vers Bordeaux ne satis-font jamais les deux hommes : « Ils disputèrent quinze jours de suite, et au bout de quinze jours ils étaient aussi avancés que le premier. » (p. 120-121) Grâce à ses nombreuses expériences, Candide parvient à se détacher des idées de Pangloss et à se forger sa propre pensée.

LA CLÉ DU BONHEUR

La richesse de Candide tient également dans le fait que l'ouvrage expose plusieurs théories philosophiques en vogue au XVIIIe siècle. Entre l'optimisme de Pangloss et le pessimisme de Martin, ce n'est qu'après avoir parcouru le monde et vécu des expériences que Candide constitue sa propre façon de penser et de concevoir le monde. Le héros ne peut donc se forger sa propre opinion qu'après avoir expérimenté celles de ses compagnons et visité divers pays.

La quête de Candide s'apparente en quelque sorte à une recherche du bonheur. Il existe dans le conte trois lieux où celui-ci est possible, à savoir la Westphalie, Eldorado et enfin le Jardin à Constantinople. Chacun correspond à un idéal : l'ignorance des problèmes du monde dans les jardins du château de Thunder-ten-tronckh faisant croire à Candide au meilleur des mondes ;

l'utopie des Lumières mise en pratique par Eldorado qui émerveille le héros ; la résignation finale et la culture de son propre bonheur face aux problématiques de la société dans le Jardin.

Candide est tout d'abord forcé de quitter son premier « paradis terrestre » (p. 49), le château de Thunder-ten-tronckh. C'est là qu'il semble le plus heureux, et son bonheur est expliqué par son ignorance des réalités sociales. Sa vie ressemble alors à un conte de fées que Voltaire vient détruire en le chassant. Plus encore, il va même jusqu'à détruire le château, prouvant par là qu'un tel lieu ne peut être qu'une chimère.

Le pays d'Eldorado ne convainc pas tout à fait Candide, parce qu'il ne peut y vivre sans Cunégonde. Pourtant, ce monde présentait tous les avantages. Eldorado, archétype du pays mythique découvert dans le Nouveau Monde, s'organise autour de valeurs chères aux philosophes des Lumières. L'argent n'importe pas, les gens font preuve de tolérance, le chef du pays se montre libéral et prône l'égalité des classes. Dans la capitale, on ne trouve aucune prison, aucun tribunal, ni même de Parlement, mais bien un palais des sciences ! Les repas sont abondants pour tous et l'on pratique le déisme pour remercier le Créateur. Si Candide n'y retourne pas après ses retrouvailles avec Cunégonde, peut-être est-ce la manière qu'a trouvée Voltaire de faire comprendre aux lecteurs que le bonheur se mérite.

Ce n'est qu'à la fin de l'histoire, à Constantinople, lors de sa rencontre avec un vieillard, que Candide trouve l'équilibre. Le vieil homme, cultivateur de fruits, ne vit que pour son travail sans se soucier des Dieux. Cette valeur simple du labeur et de l'intérêt pour les choses concrètes, si elle ne permet pas de retrouver le bonheur initial de Candide, elle lui ouvre toutefois les portes de la sagesse et de la paix. La désillusion progressive de Candide tout au long de ses aventures va de pair avec la résiliation finale du conte, résumée dans sa dernière phrase : « Il faut cultiver notre jardin. » (p. 167)

À travers cette morale, on remarque que Candide a compris, à la suite de ses aventures, que le bonheur ne venait ni de la croyance en Dieu ni des théories philosophiques. Le bonheur peut être atteint en travaillant sur soi-même et en se concentrant uniquement sur les problèmes humains. Il ne sert donc à rien de perdre son temps à discuter de sujets vains et métaphysiques, il faut agir concrètement. L'homme doit donc se raccrocher au réel, se perfectionner chaque jour et essayer de faire évoluer, à son échelle, la société afin de s'y épanouir personnellement et avec les autres.

STYLE ET ÉCRITURE

LE DÉTOURNEMENT DU CONTE

Candide ou l'Optimisme est un conte philosophique. Cette dénomination, que l'on attribue à Voltaire, rend compte d'un genre à travers lequel l'écriture est porteuse d'une réflexion idéologique et qui présente un style merveilleux. Le mélange de registres y est donc souvent pratiqué, comme l'atteste l'épisode de l'esclave nègre au sein duquel on passe dans le registre pathétique. Par ce biais-là, Voltaire s'amuse à détourner les caractéristiques du conte pour transmettre ses idées.

Son originalité consiste à mélanger le registre merveilleux et réaliste. *Candide* présente un enchaînement d'aventures fantastiques, romanesques et apparemment intemporelles, le tout mêlé à des événements historiques avérés (tremblement de Lisbonne et l'autodafé qui s'en suit, notamment). Cette rupture dans les normes stylistiques permet une critique sociale plus acerbe puisque inattendue.

D'autres caractéristiques du conte sont adaptées au style voltairien : l'accumulation d'aventures est exagérée, et les éléments merveilleux (les moutons rouges d'Eldorado, les résurrections de Cunégonde, Pangloss ou du baron) sont faux (les moutons rouges s'avèrent être de simples lamas, et les résurrections sont expliquées par les personnages qui n'ont jamais été désignés comme morts). Ainsi, lorsque Pangloss raconte à Candide, à propos de Cunégonde, qu'« elle a été éventrée par des soldats bulgares, après avoir été violée autant qu'on peut l'être » (p. 55), le lecteur est persuadé que la jeune fille est morte. De même, Candide que l'on croyait bon et juste, tue pourtant à plusieurs reprises. Tous ces dysfonctionnements du conte provoquent chez le lecteur non pas une évasion dans un autre monde, mais une confrontation violente à l'absurdité humaine. Cette analyse est à mettre en parallèle avec celle du double titre du conte qui annonce sa double nature : Candide est à la fois un récit divertissant et un texte appelant à la réflexion.

LES PROCÉDÉS COMIQUES DANS *CANDIDE*

La principale arme dont dispose Voltaire pour mettre en évidence les vices de sa société est l'ironie. Il la mêle à la parodie et à l'absurde dans des scènes faisant appel au comique de situation.

L'ironie

L'ironie est présente dans presque chaque scène du conte, de façon plus ou moins subtile. Chez Voltaire, elle s'exprime à la fois par antiphrase, mais également par des reprises directes et des citations de personnages dont il se moque.

Ainsi, dans le chapitre 3, par exemple, Voltaire décrit l'armée comme quelque chose de splendide, or l'on connaît son mépris pour les guerres :

> « Rien n'était si beau, si leste, si brillant, si bien ordonné que les deux armées. Les trompettes, les fifres, les hautbois, les tambours, les canons, formaient une harmonie telle qu'il n'y en eut jamais en enfer. » (p. 52)

D'autres fois, la reprise des idées de certains philosophes dans un récit que l'on sait critique suffit à marquer l'ironie voltairienne, comme lorsque Candide demande à Pangloss s'il croit toujours en sa philosophie après avoir été « pendu, disséqué, roué de coups », et que ce dernier réplique :

> « Je suis toujours de mon premier sentiment [...] car enfin je suis philosophe : il ne me convient pas de me dédire, Leibnitz ne pouvant pas avoir tort, et l'harmonie préétablie étant d'ailleurs la plus belle chose du monde, aussi bien que le plein et la matière subtile. » (p. 160)

Pour insister davantage sur cette ironie, Voltaire use de nombreuses figures de style. Il emploie tour à tour l'euphémisme, l'hyperbole, l'énumération, l'accumulation, la répétition, la litote ou encore la parataxe pour servir sa critique. Aussi, Candide reçoit « quatre mille coups de baguette » (p. 51), Pangloss est disséqué encore vivant « depuis le nombril jusqu'à la clavicule » (p. 158), la vieille est vendue de marchand en marchand sans que cela ne semble s'arrêter. Toutes ces figures de style n'ont qu'un seul but, celui d'augmenter les réalités terrifiantes décrites dans le récit, d'accentuer l'horreur des situations et d'ainsi les dénoncer plus efficacement. Elles permettent en outre une certaine distanciation sans laquelle le lecteur ne pourrait continuer sa lecture tant les malheurs sont nombreux.

L'absurde

L'absurde joue un rôle important dans le récit et tient surtout au fait que l'extraordinaire est raconté comme de l'ordinaire. L'absurde est donc en quelque sorte normalisé, et les relations entre les événements sont jugées logiques. Ainsi, Candide, qui n'a aucune expérience de la mer, est engagé comme capitaine d'infanterie pour diriger une flotte vers le Paraguay, tout simplement parce qu'il a réalisé des mouvements militaires bulgares. Plus tard, il se trouve sur la galère qui a employé Pangloss et le baron, sains et saufs. Le lecteur ne peut croire à de pareils hasards alors qu'ils sont décrits comme parfaitement raisonnables dans le récit. Le mélange d'ordinaire et d'extraordinaire, d'absurde et de logique a pour conséquence de renforcer l'horreur et la tragédie. L'omniscience du malheur rappelle la complexité du monde.

LA RÉCEPTION DE *CANDIDE*

UN SUCCÈS IMMÉDIAT

Candide ou l'Optimisme est imprimé en France sous le pseudonyme du Docteur Raph, pour éviter la censure et les condamnations, ainsi qu'à l'étranger (Genève, Londres, Amsterdam). L'œuvre est toutefois diffusée à Paris grâce à des contrefaçons. Elle fait grand bruit et suscite de nombreuses réactions, admiratives ou accusatrices, tant elle se montre féroce envers le système en place. Si elle est rapidement interdite par les autorités locales, elle rencontre toutefois un important succès. En 1759, l'année de sa première publication, environ 20 000 exemplaires sont imprimés, ce qui est considérable pour l'époque ! Le succès est tel qu'elle fait l'objet de 15 réimpressions la même année et de 40 autres entre 1759 et 1778, le conte étant retravaillé par Voltaire jusqu'en 1761. Très vite, *Candide* est traduit, imité et parodié.

Malgré cette renommée, Voltaire n'en revendique pas la paternité et réagit même en commentant l'œuvre dont il dit s'être amusé à la lire. Surtout, il insiste sur le caractère comique du conte auquel il refuse d'être associé : « Il faut avoir perdu le sens pour m'attribuer cette coïonnerie [sottise, badinerie]. J'ai, Dieu merci, de meilleures occupations. » (MENANT (Sylvain), « Voltaire lecteur de *Candide* », in CROCK (Nicolas) et FERRAND (Nathalie) (dir.), *Les 250 ans de Candide. Lectures et relectures*, Louvain, Éditions Peeters, 2014, p. 166) Il souligne toutefois la singularité de l'œuvre, dans laquelle la naïveté feinte du conte est source d'invraisemblances qui suscitent le rire. Il attribue également le récit à un homme d'esprit dans le but est de se moquer des sots. Les lecteurs ont, bien sûr, rapidement deviné qu'il en était l'auteur.

LES SUITES ET IMITATIONS DE *CANDIDE*

Dès le XVIIIe siècle, on voit apparaître des suites du conte, dont deux partagent le même objectif : donner une véritable fin à *Candide*, celle proposée par l'auteur étant considérée comme trop brutale par de nombreux lecteurs.

La première, *Candide ou l'Optimisme. Traduit de l'allemand de M. le docteur Ralph. Seconde partie*, a vraisemblablement été écrite par l'abbé Dulaurens (écrivain français, 1719-1793), un imitateur reconnu de Voltaire, et paraît en 1760. On y suit les aventures de Candide en Norvège puis au Danemark où il tente de se construire une descendance aristocratique. Pour ce faire, il change de nom et devient Canutson. La mort de Cunégonde lui donne l'occasion de demander en mariage la noble Zénoïde. Si leurs amours sont empêchées un moment, ils finissent tout de même par s'unir. Cette suite s'avère donc en contradiction avec la morale du conte voltairien.

La seconde, *Candide en Dannemarc ou l'Optimisme des honnêtes gens*, est publiée en 1767, de façon anonyme. Le récit reprend l'histoire telle que racontée dans la première suite, mais choisit de développer plus en profondeur la vie de Candide parmi la noblesse et ses rencontres avec les philosophes Martin et Jean-Jacques, qui fait directement référence à Rousseau. La fin est heureuse.

Parmi les imitations, il faut citer *Candidamentor ou le voyageur grec. Histoire traduite du grec, contenant des événements singuliers et inté*ressants de Harny de Guerville, publié en 1766 ; *L'Autre Candide ou l'Ami de la vérité* en 1771, qui propose une version moins carnavalesque que l'original ; *Candide anglais* de Jean-Louis Castilhon (encyclopédiste français, 1720-1782) paru en 1771, ou encore *Candide, ou l'Élève du philosophe chrétien* publié en 1787, qui constitue une récupération chrétienne du conte. Comme on le voit, les auteurs exploitent le succès voltairien, reprenant à leur guise des thèmes ou des lieux, des personnages ou des épisodes, choisissant ou non d'adoucir les horreurs. Le théâtre s'empare également du conte dès 1780 avec *Le Roi Théodore à Venise* (1786) de Giovanni Paisiello (compositeur italien, 1740-1816) qui en reprend l'aspect fantaisiste.

Aux XIXe et XXe siècles de nouvelles adaptations continuent de paraître, tels que *Candide à Broadway* de Leonard Bernstein (compositeur américain, 1918-1990), publié en 1956. Durant la Seconde Guerre mondiale, le conte est transposé sur le grand écran par Norbert Carbonnaux (réalisateur français, 1918-1997) en 1960. Dans ce film intitulé *Candide ou l'Optimisme au XXe siècle*, le héros est gardien dans un camp de prisonniers avant de voyager à travers l'Europe où il connaîtra de nombreuses aventures. La conclusion du film reste fidèle à celle du livre.

La bande dessinée, enfin, s'est, elle aussi, appropriée les aventures de Candide, notamment sous les plumes de Joann Sfar (dessinateur français, né en 1971) en 2003, de Gorian Delpâture (journaliste belge, né en 1976) et de Michel Dufranne (scénariste belge, né en 1970) dans une série publiée entre 2008 et 2013.

Candide est aujourd'hui l'œuvre la plus lue et la plus commentée de Voltaire. Ce succès de toujours tient sans doute à l'universalisme du conte et des thèmes abordés par l'auteur dans un style piquant et si singulier.

BIBLIOGRAPHIE

SOURCES BIBLIOGRAPHIQUES

- Azerhad (Annick), *Le dialogue philosophique dans les contes de Voltaire*, Paris, Éditions Champion, 2010, 442 p.
- Beaumarchais (Jean-Pierre de), Couty (Daniel) et Rey (Alain), « Voltaire », in *Dictionnaire des littératures de langue française*, Paris, Bordas, 1987, 2877 p.
- Bertrand (Jean Pierre), Demoulin (Laurent) et Hick (Anne-Laure), *Qu'est-ce qu'un texte poétique ? Introduction théorique et anthologie*, Liège, Éditions de l'Université de Liège, 2008-2009, 133 p.
- Cronk (Nicolas) et Ferrand (Nathalie) (dir.), *Les 250 ans de* Candide. *Lectures et relectures*, Louvain, Éditions Peeters, 2014, 636 p.
- Deloffre (Frédéric) (éd.), « Préface », in *Voltaire. Romans et contes I. Zadig et autres contes*, Paris, Gallimard, coll. « Folio Classiques », 1972, p. 11-25.
- Dumortier (Jean-Louis), « Une lecture expliquée du premier chapitre de *Candide*. Exemple de ce que, dans le meilleurs des mondes pédagogiques, un professeur de français s'attacherait à trouver tout fait ou à faire aussi bien possible avant de rédiger un questionnaire », in *Service de Didactique des Langues et Littératures françaises*, Liège, Université de Liège, 2013, 14 p.
- Leterrier (Étienne), « Voltaire. *Candide*. Édition avec dossier de Jean Goldzink », in *Flammarion.fr*, consulté le 26 octobre 2015.
- Moureau (François) (dir.), « Voltaire », in *Dictionnaire des lettres françaises. Le XVIIIe siècle*, Paris, Fayard, 1965, 1371 p.
- Propp (Vladimir), *Morphologie du conte suivi de Les transformations des contes merveilleux et de E. Mélétinski. L'étude structurale et typologie du conte*, Paris, Seuil, 1970, 254 p.

- SANDRIER (Alain) (dir.), « Dossier. Le texte en perspective », in *Candide ou l'Optimisme*, Paris, Gallimard, coll. « FolioPlus Classiques », 2003, p. 153-228.
- VERNIER (France), « Les disfonctionnements des normes du conte dans Candide », in *Littérature*, n° 1, février 1971, p. 15-29.
- VOLTAIRE, *Candide ou l'optimisme*, Paris, Le Livre de Poche, 1995, 218 p.
- VOLTAIRE, *Traité sur la tolérance. À l'occasion de la mort de Jean Calas*, Paris, Flammarion, coll. « Librio », 2015, 110 p.

SOURCES ICONOGRAPHIQUES

- *Portrait de Voltaire*, tableau de Nicolas de Largillière, 1718. La photo reproduite est réputée libre de droits.
- *Déjeuner à la cour de Frédéric II*, tableau d'Adolph von Menzel. La photo reproduite est réputée libre de droits.
- Frontispice d'une édition anglaise de *Candide*, 1762. La photo reproduite est réputée libre de droits.
- Le tremblement de terre de Lisbonne. La photo reproduite est réputée libre de droits.
- *Le Massacre de la Saint-Barthélemy*, tableau de François Dubois, vers 1572-1584.
- Le nègre du Surinam. La photo reproduite est réputée libre de droits.

Éditeur responsable : Lemaitre Publishing
Avenue de la Couronne 382 | B-1050 Bruxelles
info@lemaitre-editions.com

ISBN ebook : 978-2-8062-6598-2
ISBN papier : 978-2-8062-7459-5
Dépôt légal : D/2016/12603/94